LE DERNIER JOUR DE WATTEAU

PETITE COLLECTION " SCRIPTA BREVIA "

EDMOND PILON

Le Dernier Jour de Watteau

PARIS
BIBLIOTHÈQUE INTERNATIONALE D'ÉDITION
E. SANSOT & Cie
7, RUE DE L'ÉPERON, 7

MCMVII

DU MÊME AUTEUR

Les poèmes de mes soirs, poésies (Vanier).

La maison d'exil, poésies (Mercure de France).

Octave Mirbeau, étude biographique (Sansot et Cie).

Portraits français, 1re série, XVIIIe et XIXe siècles, avec préface de Paul et Victor Margueritte (Sansot et Cie).

Paul et Victor Margueritte, étude biographique (Sansot et Cie).

Portraits français, 2e série, XVIIe, XVIIIe et XIXe siècles (Sansot et Cie).

Publié par le même auteur :

Maurice de Guérin : *Le Centaure suivi de la Bacchante* et précédé d'une notice (Sansot et Cie).

Eugénie de Guérin : *Reliquiæ*, fragments choisis et précédés d'une notice (Sansot et Cie).

PRÉFACE

De retour de Londres, à la fin de l'été de 1720, Watteau était descendu à Paris, près le pont Notre-Dame, chez son ami le marchand Gersaint. Puis, le mal de poitrine empirant chaque jour, il avait fui la ville, ses amis La Roque, Vleughels, Molinet, le bon musicien Rebel ; il avait tout quitté, tout laissé derrière lui, avait gagné les champs, enfin ce beau domaine de Nogent-sur-Marne où M. Philippe Le Febvre, Intendant des Menus-Plaisirs de Sa Majesté, — sur l'instante prière de l'abbé Haran-

ger, son ami — l'avait si galamment convié à guérison (1).

Sa vie, à vrai dire, n'avait jamais été, jusque là, une vie de bonheur et de repos. Et, depuis le temps où il avait quitté son cher Valenciennes, était venu à Paris, « gagnant trois francs la semaine et une soupe de charité » (DARGENTY), *jusqu'aux heures moins sombres de sa vie incertaine, où, dit M. de Caylus, « il ne faisait qu'errer de différents côtés », sans logis fixe, au milieu de gens de hasard, il avait contracté de secrètes habitudes de souffrance.*

Le 18 juillet 1721, l'inoubliable peintre de tant de délicates œuvres, de visions si chastes, si azurées, si belles, s'éteignit doucement dans les bras de Gersaint, de Pater et du curé de Nogent. Né le 10 octobre 1684 il était alors dans sa trente-septième année.

C'est le récit d'un des derniers beaux

(1) Cette maison de M. Le Febvre, où demeura, plus tard, l'abbé de Pomponne, a été dessinée et gravée, en 1740, par M. de Francueil. Elle appartint, par la suite, à M. Sébastien Archdeacon.

jours que Watteau dut vivre avant l'accomplissement final de ce grand acte que l'auteur a eu le dessein de conter ici.

Le regret demeure de n'avoir pu illustrer de telles pages, tout animées de lui, de ce portrait au pastel par la Rosalba — perdu, hélas ! depuis la vente Lalive de Jully (1770) — et qui nous l'eût montré, alangui et déjà fiévreux, ses grands yeux vifs cerclés d'une cerne bleuâtre, ses mains osseuses et fines passant des manches de dentelle, « l'air tendre et un peu berger ».

E. P.

LE DERNIER JOUR

DE

WATTEAU

> Sa vision flotte sur ce petit Nogent où il ira mourir.
>
> VIRGILE JOSZ.
>
> (*Watteau*).

I

L'OCCUPATION CHAMPÊTRE

Sur le chemin en bordure, planté d'ifs et de seringas, qui monte, à Nogent, de la rive de Marne à la maison de M. Le Febvre, l'intendant et contrôleur général des Menus, voici tout à coup un étrange promeneur. Vêtu d'un petit manteau court de soie azurée, coiffé d'un tricorne élégant, ses jambes maigres prises dans une culotte de fin drap et chaussé de souliers de satin puce à bouffettes, il avance à menus pas, s'appuyant, pour monter, sur une haute canne de pèlerin de comédie. Parfois, la gourde légère qui se balance à la pointe de cette longue canne enrubannée se prend dans les feuilles des arbres et secoue en même temps, sur le dos du promeneur, les gouttes encore froides de la pluie récente. Le pèlerin élégant écarte alors son diaphane manteau et les fines gouttes tremblantes, à ce mouvement léger, retombent une à une comme des pleurs d'argent de l'habit de belle soie sur le chemin mouillé. Une fatale fraîcheur monte à présent de la terre, du fleuve et des arbres, et voici le pèlerin charmant, le dos voûté tout à coup, appuyé sur son bâton de route, secoué d'une toux qui le déchire et retentit sèchement dans le bois humide. Contraint de s'arrêter un peu avant la terrasse, le promeneur offre ainsi, dans le jour qui le frappe, sa figure amaigrie aux deux petits méplats roses, des lèvres marquées d'un pli amer et toute la maladive expression d'un visage où de fines rides précoces ont marqué leur empreinte.

Un instant, le pèlerin de fantaisie, en son étrange costume, s'appuie plus nerveusement sur son bâton de route et porte, d'un geste bref, sa main gauche à son cœur ; mais le bel œil limpide ne s'est pas voilé, a conservé son chaste et consolant sourire. Le pèlerin de soie et d'azur, maintenant que sa toux est éteinte, n'a plus souci que d'avancer légèrement et de ne poser qu'à peine sur le chemin de sable égal ses talons légers de valseur ingénu. Le voici à présent qui touche à la balustrade où le conduit, entre deux rangs de coquilles et de dessins de gazon, une pente inclinée, et qu'à ses pieds surgit, dans le soleil qui succède à l'ondée, toute la beauté de la rive. A cette heure-là encore, la Marne est déserte et, de l'île de Beauté à l'île Fanac, il n'y a pas une seule péniche ni un seul rameur. Le ciel, pourtant, s'éclaircit, les derniers nuages obscurs se fondent sur Vincennes ; au-delà des bouquets d'arbres, des ormes et des peupliers de Polangis se dégage en lumière l'horizon azuré ; une fluide buée légère, née de la matinale pluie, monte de la terre au ciel, envahit tout l'espace et s'élève en vapeur, où bientôt se confondent, sur le fond délicat voilé de brume flottante, les toits et les coteaux, les clochers et les arbres. Et le promeneur candide, le souffreteux homme à l'ombre frissonnante s'oublie à contempler l'irréel paysage tout ébloui de soleil et que baigne à présent une rosée impalpable. Le bruit que font tout à coup, en s'arrêtant au bas de la terrasse même où il est, les chevaux d'un courrier, vient tirer enfin de sa rêverie profonde le pèlerin frileux que protègent à peine contre la douce brise l'habit de berger d'opéra, le manteau azur, les bas puce et le gilet zinzolin. En même temps s'animent d'un mouvement villageois toutes les sentes riveraines ; un cortège en blancs voiles passe au long du moulin de Beauté, côtoie la douce rive vers Saint-Saturnin ; la voix des jeunes filles chante le chant de la Pentecôte : *Alleluia! Alleluia ! Alleluia !* Des gens s'agenouillent aux reposoirs ; des enfants jettent des fleurs et la belle théorie des filles de Nogent, de Joinville et de Champigny se porte, en une suite charmante, au devant du clergé. Et, de tous les bosquets, des chemins et des venelles débouchent, çà et là, des rustres endimanchés, de fraîches paysannes et des petits marmousets avec des culottes courtes se mêlant aux chiens et mulets des cortèges. Cependant, venant à lui, dans le sens de la maison, le lilial berger perçoit une chanson plus charmante et plus vive dont les sons s'approchent à mesure qu'il écoute :

Dans les gardes françaises,
J'avais un amoureux...

Le garçon étrange clôt à demi

ses yeux ; il rêve aux douces heures qu'il vécut jadis, au palais Luxembourg, proche des grands Rubens, dans le vieux jardin. Alors il n'avait pas ce feu dans la poitrine ; il était un homme impatient et fort et il avait de beaux espoirs dans les regards. Mais, depuis, ah ! depuis, pauvre petit Flamand !... Déjà, chez Sirois, au temps où il avait encore toute sa vigueur, s'était manifestée dans le secret de son être la première atteinte de son mal étrange. Mais rien ne l'avait brisé autant que son voyage d'Angleterre. « Le mauvais air qui règne à Londres, à cause de la vapeur du charbon de terre dont on fait usage et qui est fort dangereux pour les poitrinaires » (1), avait pour jamais ruiné sa santé. Cette poussière de Londres, ce brouillard d'Angleterre, il en a plein les poumons, sa gorge en est atteinte, et, chaque fois que le saisit la quinte affreuse,

---

(1) Gersaint.

c'est comme si toute la suie absorbée là-bas revenait dans son cœur, se mêlait à son sang et jusque à ses lèvres mettait l'âcre odeur de sa petite cendre grise.

Dans les gardes françaises,
J'avais un amoureux,
Fringant, chaud comme braise,
Jeune, beau, vigoureux...

Par les chemins de lilas, de mûres et d'aubépines, et sous la fraîcheur douce des allées de verdure, elle vient jusqu'à lui, maintenant, la chère voix. Et tandis que, des yeux, il voit, au tournant de la route poudreuse, et dans une affluence de peuple assemblé, passer la procession, il entend les menus pas d'une marche connue craquer sur le sable.

Dans les gardes françaises,
J'avais un amoureux...

La voix se fait plus voisine et plus légère encore ; c'est une cascatelle exquise de petits sons et le ravissement lui en est agréable.

Mais la voix, à présent, est aussi près que possible.

—Monsieur, Monsieur Watteau...

Le berger étrange a tourné son visage. Dans le jeune soleil, en tablier de linon, sous son chapeau de paille, il aperçoit Phlipotte et lui sourit un peu. Phlipotte a piqué, en venant, une rose à ses cheveux et la frivole a mis, autour de son cou rond, un ruban de velours noir. Ainsi, elle est une belle servante de comédie (1). Mais elle, non sans toutefois laisser à son maître le temps de la trouver jolie, faisant l'essoufflée et se montant la voix :

— Allons, Monsieur, allons ! Il faut vous hâter. Le messager d'Orléans est là, qui vous porte de la part de l'abbé Noirterre, outre une toile peinte, un flacon de cotignac,

(1) D'Argenville a écrit : « Sa servante, qui était belle, lui servait de modèle ; il l'a peinte en danseuse sur un fond de paysage très frais ». Et Virgile Josz : « Cette fille a été Phlipotte, elle a touché les dix sous que MM. de la Comédie octroient libéralement pour tenir ce rôle ».

des galettes et du rob de coings..

Watteau se penche un peu et, dans le coche qu'il a vu s'arrêter au bas de la maison de M. Le Febvre, reconnaît, aux armes de ses panneaux peints, aux cris du postillon et aux grelots des chevaux, l'antique et lourd coche d'où il a vu souvent se montrer, à des heures aussi belles mais un peu plus anciennes, l'abbé Noirterre, coquet et joli, chaussé de bas violets, sacrant et pouffant, lorgnant les filles, les appelant à lui et leur offrant, par la portière ouverte, de sa main musquée, des bonbons, du sucre et des odeurs. M. l'abbé Noirterre, ce n'était point comme le grave abbé Haranger, chanoine de Saint-Germain-l'Auxerrois de Paris, ni comme l'abbé Fraguier, docte clerc en Sorbonne, ni comme l'abbé Carreau, de Saint-Saturnin de Nogent, le jovial et bon homme à qui se pouvait confier le dolent malade. Faisant le boute-feu et le vif amant, il semblait plutôt, dans le souvenir du peintre, l'un de ces jeunes futiles et de ces beaux musqués qui se plaisent moins à suivre les commandements de Dieu que ceux que leur intiment, à leur galant lever, entre une épitre en vers, les soins du carlin et leur intime toilette, les belles paresseuses. Que, de sa terre d'Orléans, M. l'abbé Noirterre, pour adresser au peintre un flacon de cotignac, des galettes et du rob de coings, ait laissé là, une fois, ses amours et ses rimes, c'était une prévenance à laquelle il voulait répondre avec la promptitude que lui laissaient ses forces. Bien qu'il fît une chaleur assez lourde et qu'il ne pût aller autrement qu'en soufflant, Watteau suivit Phlipotte entre la double haie des rosiers de Virginie, vers la haute salle claire où se tenaient assis, jouant à l'hombre et se damant les pions, sur une grande table de jaspe uni, M. Le Febvre lui-même et ce hardi chasseur, son voisin nogentais, M. de la Cour des Chiens.

— Par la mort peste ! s'écriait à

ce moment, d'une voix qu'il avait joyeuse M. l'Intendant, voici que je suis le vainqueur de M. de la Cour...

Watteau s'inclinait, allait vers l'intendant dont le cordial sourire lui était ami, saluait d'un court geste de son petit tricorne et de sa haute canne fine M. de la Cour des Chiens. Le courrier était là, tenant son chapeau ciré et de ses bottes à éperons accoté à l'angle de la cheminée de marbre. Watteau vint à lui, de son gilet zinzolin tira quelques pistoles neuves, les lui jeta d'un geste et se saisit vivement des deux flacons de liqueur et de deux galettes cuites qu'il éleva en l'air dans le chaud soleil où elles parurent ainsi, aux yeux émerveillés de MM. Le Febvre et de la Cour des Chiens, que deux belles lunes neuves, dorées et croustillantes. Puis, d'un seul mouvement sec et comme si, d'impatience, il eût amené à lui tout le reste de sa vigueur, Jean-Antoine brisa le lien solide qui cachait encore à ses yeux l'autre envoi. Mais, à peine l'eut-il dressé en plein jour, le tableau peint montrant une Vierge et de petites têtes d'anges groupées dans un nuage que lui offrait, d'Orléans. M. l'abbé Noirterre, que le pauvre Jean-Antoine laissa échapper un cri.

— Voilà, dit-il, qui est bien de Rubens !

Il posa aussitôt l'œuvre pieuse sur un chevalet, s'agenouilla ainsi que s'il eût été devant Dieu même et se prit, de toute son âme, à contempler l'œuvre où il le voyait vivre dans sa divine Mère.

— Ah ! messieurs, disait-il, s'adressant à MM. Le Febvre et de la Cour, ah ! messieurs, que cela est beau!

Ces messieurs, poliment, interrompirent leur jeu d'hombre ; mais ce qu'ils trouvaient plus beau et plus sublime encore que la petite toile pieuse de Rubens c'était, à vrai dire, le cri enthousiaste et tout vibrant de joie qu'avait poussé le peintre et qui semblait, cette fois, trahir en lui comme un regain de vigueur, de jeunesse et de santé.

— Lui, malade! mais qui l'a dit? demandait M. Le Febvre, s'arrêtant un peu de jouer et montrant à M. de la Cour, d'un grand geste coquet à la Céladon, le peintre perdu en une sainte extase au pied du chef-d'œuvre. Lui souffrant, lui la poitrine en feu, les mains et le front brûlants, la toux sèche et mauvaise, mais qui le pouvait soutenir? Mariotti, le docteur italien, le fameux médecin et l'ami anglais de Voltaire, le docteur Mead lui-même n'eussent point reconnu ici, dans ce peintre exalté, vibrant de joie et de pétulance, le même qui revint de Londres, l'an passé, toussant ferme et les bronches atteintes...

Mais Watteau, au dedans de lui, songeait :

— Les potions de Mead, les remèdes de Mariotti qu'était-ce donc à côté de la vigueur, du beau sang robuste qu'infusaient à son cœur les lettres et les œuvres de cet homme-là. Rubens, c'était un Flamand comme lui, mais un Flamand heureux, opulent et sensuel, tandis que lui, le pauvre Jean-Antoine, c'était un Flamand malade et plaintif, au souffle court et haletant, aux doigts débiles, au cœur usé.

Et il se souvenait! Un jour M. de Julienne lui avait prêté des lettres manuscrites de ce grand homme, et, dans sa frénésie, dans son ardeur, ces lettres de vie et de feu il les avait portées à ses lèvres, posées sur son cœur, puis, saisi de vertige, il avait clos les yeux ! Ah ! le rude élixir, le puissant breuvage! Et Watteau se rappelait avec acuité ; il se voyait encore, les mains crispées aux feuilles, buvant de tout son cœur à cette source amoureuse. Et voici que, tout à coup, comme s'il eût été là et debout dans son rêve, il avait vu Rubens. Il était beau comme un roi, vêtu de riches habits et il marchait lentement dans le chemin d'un verger. Deux femmes l'escortaient, belles et demi-nues, pareilles aux princesses de ses tableaux ; l'une se tenait à droite et l'autre sur la gauche. Il allait avec elles, parmi les hautes branches ; leurs enfants les suivaient, le paysage était beau, les arbres s'inclinaient sous le poids des fruits mûrs et, quand Isabelle Brandt ou quand Hélène Fourment se penchaient avec grâce sur sa forte épaule, Rubens voyait vers lui se soulever et bondir d'amour, leurs gorges plus puissantes que celles des Déesses. Puis — il se souvenait encore de cet amer réveil — le vertige avait fui et il s'était retrouvé, froissant dans ses mains sèches, ces lettres plus chaudes que des baisers et cette odeur de chair aux doigts ! Alors il avait eu de la vie au moins pour quinze jours ; et c'est là qu'il avait travaillé, s'était rué à la tâche avec cette ardeur qu'ont les phtisiques et qui les fait s'user de passion, se livrer à la vie avec tant de force que c'est comme s'ils empiétaient déjà sur la mort. C'est dans cette frénésie, dans cet emportement qu'il avait, pour Gersaint, tenté ce grand et dernier effort d'une œuvre décorative et que, pour dégourdir ses doigts (ses beaux doigts effilés qui n'avaient plus la souplesse), il avait peint *l'Enseigne !* Depuis « presque pas un jour de santé » ; ses forces étaient tombées et il s'était, après la crise, retrouvé aussi abattu qu'avant, le dos un peu plus voûté, les joues un peu plus creuses, la toux encore plus sèche et encore plus durable. Mais le petit tableau du Maître, de son maître aimé, de son dieu flamand, cette *Sainte Famille* dont il buvait, maintenant, d'un regard passionné, les ardentes lueurs sombres, allait pour un moment, lui insuffler encore du courage et de la force.

— Ah ! Ah ! disait-il, la belle œuvre !...

Puis, un peu plus bas :

— Cela me fera vivre au moins un jour encore...

A ce moment, MM. Le Febvre et de la Cour, voyant passer l'heure, laissèrent leur jeu d'hombre et vinrent à Watteau. M. l'Intendant des Menus-Plaisirs du Roi devait, le tantôt même, se trouver aux Porcherons. Le soin de sa toilette, l'éclat de ses bagues et de ses dentelles, et jusqu'à la discrète odeur de bergamote dont il imprégnait l'air en tirant son mouchoir ou en mettant ses gants, laissaient à deviner dans quel galant dessein il entendait poursuivre un jour bien commencé. Pour M. de la Cour, il siffla un air qui ressemblait à un hallali ; deux ou trois grands chiens aux robes admirables et qui, durant tout le jeu, s'étaient tenus cachés sous les meubles, vinrent en s'étirant joindre leur maître au seuil. A ce moment, deux valets robustes et respectueux, plus sérieux dans leur rôle de mulets humains que l'acteur Poirson quand il joue les docteurs, avancèrent la chaise de M. Le Febvre. L'écuyer de M. de la Cour, déjà en selle, amena vers son maître un cheval en laisse. Ces messieurs s'embrassèrent, souhaitèrent le beau temps au peintre, s'excusèrent auprès de lui de ne point demeurer pour les divertissements dont il leur avait dit, avec assez de mystère, qu'il pensait le tantôt égayer ses amis ; et, tandis que, sur la longue et cordiale personne musquée de M. Le Febvre se refermait en claquant la petite portière peinte où riaient des amours, M. de la Cour, d'un coup nerveux des reins, des jarrets et des bottes, se campait sur le dos de son cheval impatient. Les chiens aboyèrent. Watteau, en souriant, porta la main à son petit tricorne. Au bout d'un moment, il pensa de découvrir s'il les verrait encore et, se mettant les mains au-dessus du visage, vint sur la haute terrasse s'accouder un peu. M. Le Febvre, en chaise, n'avait point pris le chemin de Vincennes ; mais, au loin, bien au loin, suivi de sa meute et de son écuyer, M. de la Cour des Chiens, vivement, caracolait dans le beau soleil. Et Jean-Antoine songeait ; le jour était bleu, l'air tiède et léger ; et, c'était comme si, devant ses yeux d'enfance, eussent un moment surgi, sur un fond tout pareil à ceux de Breughel de Velours, ces cavaliers champêtres qu'a Philippe Wouvermann si finement fait vivre sous le ciel flamand...

II

LES AGRÉMENTS DE L'ÉTÉ.

Un peu avant chaque midi, Watteau venait, son carton en main, s'accouder à l'endroit de la terrasse où le jardinier de M. Le Febvre avait réservé, dans les vignes et les clématites, un petit compartiment de feuillage. L'endroit était agréable et ménagé d'ombre. Le malade aimait à s'y venir cacher aux heures où le torride soleil éclatait sur les pentes et brûlait de son éclat les champs et les petits vignobles.

De là, tout en s'exerçant à ces « pensées à la sanguine » dont il occupait ses matins, il peut, d'un regard distrait, suivre les mouvements du monde, s'amuser de la jolie douceur du ciel bleu, de l'aimable paysage et des souples méandres que décrit, de Nogent à Joinville, le gracieux cours de Marne. A droite, en se penchant un peu, Watteau aperçoit tous les bois de Vincennes et les charmantes perspectives des beaux arbres étagés sur la rive, depuis les saules inclinés sur l'eau jusqu'aux platanes du faîte. Et, un peu plus en face, dans le sens de Joinville, il voit les pêcheurs et les mariniers de l'ile Fanac poussant leurs péniches; il entend le bruit des chalands, le clapotis des barques; il a, devant ses yeux, toute plantée de petits bois, la grande île Polangis. Le cours sinueux de la rivière animé de toute une batellerie active, se coupe en deux bras dont le regard de Watteau aime à suivre les mutins caprices. Troué d'avenues régulières et bien taillées, d'un beau dessin égal, le parc de Polangis offre son damier d'émeraude et les carreaux multicolores de ses massifs: le peintre peut, au-delà des chénevières, des petites maisons de chaume et des frondaisons, embrasser « une découverte superbe, amusante, belle de lignes, avec des incidents, le bac, le moulin, le pont, le calvaire, la route blanche, des sentiers dans les haies, l'allée du Tremblay, les coteaux de Champigny, la tuilée de Saint-Maur ».

A sa gauche, le spectacle n'est pas moindre et il voit, descendant de l'endroit où il est vers la Marne argentée, les pentes boisées d'un val, les jardins mitoyens, enfin, baignant dans l'eau claire que le soleil irise, l'île et le moulin de Beauté. Le fief des Moyneaux, d'où se dresse, dans les arbres où il se confond, le clocher de Saint-Saturnin, est au-delà du val; et voici les bois de Cher-Amy, toutes terres aux noms charmants, aux noms légers, où passent enlacées encore, parmi les vieux murs en ruine et sous le couvert des arbres, les deux gentilles ombres du roi Charles VII et de Mme Agnès. Watteau aime ces sites, il en goûte la douceur, en admire les pentes et les petits vallonnements, la claire Marne et son cours, l'horizon azuré et toutes ces perspectives, ces fonds fins et subtils mêlant la terre au ciel. D'un doigt lent et nerveux, il écrase à présent la sanguine, entreprend, comme autant de caprices de son esprit, une *Vue du Village de Vincennes* et ces petits paysages nogentais qu'il préfère à d'autres, peut-être bien parce qu'hier encore il y vint travailler sous le regard de Mme de Julienne. Et, comme il est midi et que l'instant est chaud, il est un peu las, repose un moment son œuvre et se penche à la balustrade, met sa main sur les yeux et cherche à deviner enfin lequel viendra le voir aujourd'hui des « favoris de son cœur ». Ne les attend-il pas tous et ne viennent-ils pas chaque jour, l'un ou l'autre, jusqu'à sa demeure des champs? M. et Mme de Julienne, en carrosse par la route; Hénin, Gersaint, Caylus ou La Roque, par le coche de Paris et de Vincennes; l'abbé Haranger, de Saint-Maur, par le bac, et son ami des champs, le bon abbé Carreau, curé de Nogent et doyen de Chelles aussi, à pied simplement du presbytère de Saint-Saturnin. Il fait un midi heureux tout bruissant d'abeilles et de bourdons se gorgeant dans les fleurs. Passent de petits marchands sur la route, le long du chemin de halage. Et l'un crie : *Verjus! Verjus! mon bel œillet double!* aux mariniers qui dorment sur la berge; une fille, un pot de lait sur la tête, debout et pieds nus, hèle le passeur de Polangis. Et Watteau aperçoit Pierre Poupet, le meunier du moulin de Beauté; Barbe Coiffier, sa femme; Pierre Héricourt, marchand de foin; Jean Six-Hommes, le vigneron; Anne Lapie, Thierry Coquillard et toutes sortes de menues gens du peuple les suivant à pied ou à l'amble et se rendant, à leur suite, au marché. Watteau connaît les hommes et les femmes : il a peint un jour la frimousse de celle-ci, campé le nez et le geste de celui-là, et ils ont de beaux habits, et ce sont de vivants modèles rustiques. Et lui, le grand artiste, sa main à nouveau occupée, les croque au passage, note l'un et l'autre, depuis le villageois Jacques Puce, nogentais, jusqu'à M. le Bel, le tabellion, Pierre Béchu, le bailli, qui le connaît un peu par M. Le Febvre et lui donne le salut par dessus les porteurs. Tous passent, vont et viennent ; des gens du Perreux, de Champigny, voire de la Queue-en-Brie, débarquent des galiotes avec des chiens et des chevaux, et le long des deux rives avancent les divers cortèges du menu peuple. Watteau aime ces jours d'allégresse, ces matins de fêtes pieuses comme cette Pentecôte qui fait, dans un gai carillon, de Nogent à Saint-Maur, tinter tous les clochers ; le Flamand qui est en lui se réjouit mieux qu'un autre de ce bonheur dans les villages, des beuveries et des belles kermesses en plein air, du rêve jaseur des jeunes femmes, des cris des enfants et des animaux. Au long de la rive, venant dans le sens de sa maison, un gros de cavaliers paraît qui soulève la poussière. Alors il se souvient des temps actifs où il peignait l'*Escorte d'équipages*, le *Détachement faisant halte* et d'autres scènes militaires animées. Mais, déjà les gens s'écartent d'un bord à l'autre, laissant la route libre ; la mince épée du capitaine brille au bout de la dragonne, le fer des chevaux frappe et jaillit du sol, et le peintre, extasié, ravi du cliquetis des armes, des couleurs et des étendards, voit sous ses yeux passer, en un galop rapide et se portant au devant des princes, les chevau-légers, les hussards aux vestes bariolées, les mousquetaires et dragons de la Maison du Roi!

La troupe passée, un nuage de poussière obscurcit longtemps tout le chemin et, peu après, ne se dissipa que pour laisser paraître, venant par le chemin du Val, un petit groupe où Watteau distingua, outre Charles Quemain le marguillier, Messire François Pluyette chanoine receveur de la collégiale de Saint-Maur, enfin l'abbé Carreau, un peu hilare et rubicond, pareil à un dieu des jardins, s'aidant pour la marche de sa canne d'ivoire. Tout le petit groupe venait vers la maison de M. le Febvre, et, de l'autre côté, par le chemin de Vincennes, le peintre, à présent, voyait, quittant le coche tout à coup, Gersaint lui-même, avec Sirois, Vleughels et La Roque. Qu'ils fussent venus en nombre, depuis Paris, pour passer, sous les arbres, devant le bois frais, la riante et limpide rivière, leur après-midi de fête, c'était là une prévenance dont le malade s'émut. Bientôt ils furent en haut du chemin et lui étreignait leurs mains, saisissait leurs manteaux. Et tous disaient :

— Voilà qu'il a une mine d'été...

— Heu, heu, faisait le bon curé, se rappelant la promenade du matin sous la pluie, il est bien imprudent encore...

Ils le grondaient affectueusement. Mais Watteau voulait qu'ils vissent tout de suite ses « pensées ».

— La pierre grise et la pierre de sanguine sont bien dures en ce moment, disait-il ; je n'en puis avoir d'autre...

Gersaint promettait d'en demander de la meilleure à la Serre (1). Cependant les croquetons qu'il avait faits des gens du village, une femme assise, une petite fille coiffée d'un toquet, un homme dansant, un rémouleur et un petit Savoyard ; et aussi des *singeries*, diverses figures pour les *saisons*, des vues de Nogent et des cavaliers. Tout cela à peine indiqué, charmant et fluide, jeté avec nonchalance. Vleughels, en homme des Flandres, admirait ces menues scènes rurales et fantaisistes; et Sirois et Gersaint et l'abbé Carreau! Tout à coup le jardinier entra, sentant la terre et les fleurs et tenant une lettre à la main, pour Watteau. Le peintre

(1) Marchand du temps.

en lut l'adresse, appliquée, respectueuse :

Monsieur.
Monsieur Antoine Watteau,
peintre ordinaire du Roy.

et, un peu plus bas, d'une écriture tremblée :

De la part de Pater.

Watteau sortit en hâte, les autres le suivant. Tous savaient l'histoire de Pater, de ce compatriote de l'artiste, venu de Valenciennes pour apprendre chez Watteau et que celui-ci avait eu, autrefois, sans motif, la dureté de renvoyer.

Ils virent Pater. Il se tenait sur la terrasse, intimidé, roulant son chapeau dans ses mains ; c'était un garçon un peu gauche et d'aspect provincial. Dès que Watteau vint vers lui il eut un mouvement de recul. Quoi ! cet homme amaigri, à la figure osseuse, aux mains longues et fluettes, l'aspect d'un vieillard, était-ce bien ce Jean-Antoine qu'il avait connu jadis ?

— Ah ! Pater, mon bon Pater !

disait Watteau d'une voix où il s'efforçait de mettre tout l'oubli du passé...

Le petit Flamand avait les yeux baignés de larmes. Il était plein de pitié et de reconnaissance :

— Ah ! maître, maître ! disait-il, faisant mine de ployer le genou.

Mais Watteau, de toute la force qui restait en lui, allait vers l'arrivant, le saisissait, l'étreignait en un grand mouvement fou. Et l'autre, appuyé sur ce cœur douloureux qui se donnait tout entier, en écoutait le battement désordonné, étrange et un peu faible.

Ils restèrent une longue minute ainsi, se contemplant, contemplant la campagne autour d'eux, la belle Marne et le ciel et les bois. Mais ce que voyait Watteau, en admirant Pater, ce n'était plus le ciel subtil d'Ile de France, les hauts peupliers élégants, les clochers et l'azur de l'air: c'était sa patrie, c'était Valenciennes, c'étaient les maisons flamandes coiffées de tuiles rouges, l'eau grise du Vieil

Escaut, les joueurs d'épées passant au milieu des bannières, les marchés et tout le populaire, la halle aux drapiers, enfin « plus hauts de quelques lignes, affleurant aux ailes des moulins, le campanile des Dominicains et la flèche des Urbanistes, le vaisseau de Notre-Dame-la-Grande... les clochetons de Saint-Jacques, les lances de Saint-Géry et de Saint-Sauve... le mât de fer du beffroi communal... » (1).

Cependant Pater nomme ses parents qui sont un peu les parents de Watteau ; il a des mots soumis, des façons pleines d'humilité...

— Oui, oui, disait Watteau, voilà, venez, venez, vous travaillerez ici, avec moi, *sur la nature même*...

Et il montrait les champs, la vallée, les terres de Beauté, de Moyneaux, de Cher Amy et les îles et la Marne, tout le riant séjour. Mais comme il s'animait et malgré le grand soleil, Pater vit bien qu'il toussait et qu'il tremblait un peu.

(1) Virgile Josz : *Watteau*.

III

L'assemblée au parc

L'extrême chaleur du jour faisant irrespirable la tiède vapeur de l'air, tous eurent bientôt convenu de s'assembler au parc. Ainsi le décor, argenté du bruissement des hauts peupliers, des candides et clairs bouleaux, ombragé de platanes et d'acacias offrirait au regard des convives et des dames, le frais et doux espace de ses beaux gazons et, tandis que s'accorderait, au mouvement des feuillages, le murmure en sourdine des violons, on pourrait, de la terrasse qui domine toute l'île et le Val de Beauté, embrasser le fuyant horizon de la rivière. L'idée, proposée par l'abbé

Carreau, fut vivement soutenue par La Roque et Vleughels. Phlipotte parut bientôt, suivie de deux ou trois courtauds du pays figurant les valets. Ils mirent çà et là des petites tables, posèrent sur des nappes aussitôt étendues les couverts et le vin ; les cristaux furent placés à rafraichir dans l'eau d'un bassin où se mirait la forme d'un Cupidon de marbre ; après quoi Watteau fut lui-même juger de l'effet qui était magnifique, corrigea d'un petit geste impatient, quelque détail manqué, voulut des fleurs, en fit venir, en jeta, de toutes parts au milieu du gazon et, donnant en peu de mots, aux garçons du village des conseils sur les airs à jouer les masqua bien à l'ombre sous les ifs et les boulingrins. La Roque et Vleughels, s'empressant aux cuisines, donnèrent la chasse aux servants, stimulèrent l'arrivée, en une belle vaisselle à fleurs bleues et les compotiers, des volailles et des fruits. S'improvisant fort bien le majordome du banquet, Gersaint, jouant le maniéré et le maître-queux, n'eut de cesse qu'il n'eût amené, de la maison au parc, toutes les provisions de bouche que Vleughels et lui avaient sorties du coche et portées avec eux. Cela mit assez longtemps, le nombre des rôtis, pâtés, daubes et gelées de toutes les sortes qu'on pût imaginer étant considérable. Pater, durant ce temps, déjà remis de l'émotion de son retour chez son maître, aidait timidement, devant la maison, Madame Gersaint à descendre de la vinaigrette par quoi elle venait enfin d'arriver de Paris. La fille de Sirois, on eût dit, tant elle était pareille à la figure qu'en traça Watteau dans son *Enseigne*, qu'elle sortait du cadre et, dans le léger craquement de satin et de soie de ses habits, marchait sur la pelouse comme une figure peinte.

— Nous aurons, disait-elle, Caylus et peut-être Hénin.

Watteau, par instant gene, ému de tant de prévenance et de l'idée si considérable du bonheur de les avoir tous auprès de lui réunis à la fois, salua timidement, de son petit tricorne, la bourgeoise empressée. Il voulut, à la nouvelle que la dame lui annonçait de leur visite, que tous vinssent assister, du haut de la terrasse, à l'arrivée de Caylus et de son fidèle Hénin. Cela ne tarda point autant qu'on l'eût pensé d'abord. M. de Caylus, ancien officier aux dragons, avait tenu à venir, de Paris à Nogent, d'une seule traite de cheval ; le pis est qu'il avait persuadé Hénin de l'imiter ; mais Hénin s'était abattu dans Vincennes, son cheval déferré ; si bien qu'il avait dû louer un âne pelé, rétif et pitoyable et n'avait que de fort loin, semblable au Sancho d'un nouveau don Quichotte, pu suivre le hardi comte. L'intrépide jument de ce dernier brûlait le chemin pavé et, d'un rapide élan avait bien failli, au tournant, venir se jeter au milieu d'un groupe cheminant de religieux minimes de Fontenay-sous-Bois, appelés en dérision par les gens du pays les Bonshommes, revenant de la quête aux volailles et portant la plupart, par-dessus leurs cagoules, des canards braillant et de petites poules noires pendues par les pattes. Tout cela si vivement, d'un galop si prompt et cessé aussitôt que le comte eût senti le danger, que le chevalier de la Roque, qui avait été dans les gardes du roi et blessé pour sa gloire à la bataille d'Oudenarde, battit des deux mains vers l'habile cavalier. Caylus, bien en selle, levant fièrement son beau chapeau enrubanné, en secouait la poussière ; la jument hennissait. Mais les autres avaient faim, appelaient en hâte au dîner et se disposaient à s'y rendre quand le baudet portant Hénin, agacé par des pierres que des petits paysans lui avaient jetées aux jambes, surgit en une nuée de poussière et, fort convenablement, vint verser sur la route, contre un petit talus d'herbe, un homme dont les deux pieds eurent toutes les peines du monde à retrouver l'équilibre. L'humeur du nouveau venu ne sembla pas s'en ressentir autrement : et, ce fut en riant lui-même et se criblant à l'envi des brocards les plus vifs que Hénin rejoignit Caylus et que, l'un traînant le cheval et l'autre son roussin, tous deux gravirent la petite côte et vinrent de leur présence compléter l'assemblée. Celle-ci, à vrai dire, avait déjà pris place et Pater s'amusait à retrouver dans le jeu des convives dispersés en petites tables l'aspect amusant de ses cabarets de Flandre où l'on voit, en été, godailler sous les arbres les meilleures compagnies. Les vins qui semblaient en vérité, exquis, capiteux et de la plus belle mousse, les mets froids et chauds et toutes les sortes variées de pâtes et de confitures ne tardèrent point de porter jusqu'au feu le plus vif les conversations ; les courtauds allaient, de l'un à l'autre, versant à mesure que se vidaient les verres. L'air assez étouffant, cet excès de boissons, enfin le bruit des musiques invisibles et galantes incitèrent bientôt les convives à la mascarade. L'idée, assez burlesque, vint encore de La Roque ; il savait que c'était une pensée de Watteau d'avoir toujours en réserve « des habits galants et quelques-uns de comiques dont il revêtait les personnes, selon qu'il en trouvait qui voulaient bien se tenir (1) ». Le peintre, de qui semblaient revenir peu à peu les couleurs et de qui tremblait de joie, à l'idée de cette fête aux masques, la belle main décharnée, avoua en effet qu'il faisait provision, comme un fripier d'opéra, de toutes les sortes diverses d'habits, de robes et manteaux et qu'il avait chez lui, ainsi que les fantômes mêmes et les mille petites ombres de ses personnages, les habits turcs, persans, français, espagnols en y ajoutant ceux du théâtre italien. Sur ses ordres on les apporta et ce fut une chose

(1) M. de Caylus.

assez divertissante de voir avec quelle rapidité les seigneurs et les dames, se partageant aussitôt les vêtements de soie et de satin, les masques et les turbans, les linons, les dentelles, les coiffes et les voiles s'attifèrent à la hâte en personnes d'opéra. Caylus en pacha auprès du majestueux Hénin, vêtu comme un heiduque, à la hongroise, faisait vis-à-vis à Vleughels costumé en Cassandre et de qui la culotte couleur merde d'oie, les cheveux en bout de rat et l'allure amusante incitaient à poufferla belle madame Gersaint, toute parée elle-même en façon de Colombine. Aux pieds de celle-ci un seigneur, tout de satin couvert, pinçant de la guitare et souriant à l'ombre d'un chapeau à plumes, semblait un prince de conte; un autre était debout, la gourde et le bâton de pèlerin aux doigts ; une dame élégante et suivie d'un petit chien venait à sa suite ; un berger vénitien, sur le bois féerique, accordait sa musette; à droite, Mezzetin riait avec un autre jeune acteur comique et, glissé près de l'âne amené par Hénin, l'abbé Carreau, en Gilles, montrait la naïve et muette expression d'un large et candide visage étonné. Bientôt reprirent les musiques ; et elles étaient plus douces, plus lointaines et plus suaves que celles qu'on entend en rêve ; sur le ciel doux et bleu, oscillèrent les arbres argentés du bois ; une fine vapeur rose, toute chargée de senteurs, envahit le parc immense ; le diaphane éclat des jets d'eau qui jasaient se fondit en un fin brouillard de féerie et l'on ne sut pas comment, sans qu'on l'eût remarqué, Pater s'était levé, était revenu en hâte et, sous les mains de son maître, avait placé vivement les couleurs et la toile. Maintenant Watteau peignait ; ses yeux étaient brillants d'extase et la petite frénésie où ses doigts s'exaltaient communiquait l'ardeur et la fièvre à son être. Bientôt et sans que nul signe en eût été donné, se faisant vis à-vis et se groupant entre eux à la manière du peintre, les hommes et les femmes, tout-à-l'heure attablés, se levèrent, un à un, sur le fond du bois. Gilles était tout droit, fantomal et lunaire ; et l'œil humain de son âne était d'azur étrange. Cassandre disputait dona Angelica et Mezzetin butor effrayait Colombine. Mais, ils vécurent bientôt d'une petite vie discrète, fugace et lointaine, le Glorieux et le Flûteur, la Finette et le Guitariste. Les uns et les autres marchaient sur le gazon ; et le son de la petite flûte était aigre et celui de la guitare était douloureux ; et la finette avait des pleurs sur sa robe argentée et le garçon indifférent, habillé comme un page étendait ses deux bras et marchait sur la pointe ; il était doux et souriant ; et, l'on eût dit que tous attendaient quelque étrange convive invisible, quelque blanche et glacée petite figure de bal que le garçon d'azur, avec des révérences, eût priée à danser. Et Pater fixement regardait Watteau vivre et peindre, communiquer l'ardeur fièvreuse de son mal au pinceau léger qui courait sur la toile. Le petit Flamand songeait à ces retables anciens où les vieux maitres allemands ont exprimé la mort en figure de danseuse ; il pensait qu'elle allait marcher sur le gazon, toute cliquetante et pâle et que ses deux pieds d'os, chaussés de mules élégantes, allaient sur la pelouse esquisser la pavane ou marquer le menuet. Une secrète angoisse, comme un intense frisson de folle peur grandissante, envahissait le cœur de l'élève effrayé... Soudain, ainsi qu'au moment où, dans les opéras, la crainte est passée et que la vie à nouveau reprend possession du monde, retentit dans le bruit et le mouvement des meutes, la fanfare lointaine et bruyante des grands cors. Une chasse invisible et fastueuse s'approchait et, de loin, vers le parc, arrivaient le mouvement et le bruit des cavaliers, l'aboiement fou des chiens et le tumulte affreux du gibier qu'on égorge. Watteau, s'arrêta de peindre pour écouter. Son visage exprima toute la vive surprise où il était de renaître à la vie et de quitter son rêve. Anxieusement, Pater suivait sur les traits de son adoré maître les traces de la secrète frénésie amoureuse où la représentation de ses chères figures peintes l'avait dû jeter quelques minutes avant. Le bruit de plus en plus troublant des cors qui s'approchaient avait rompu le charme. Maintenant Jean-Antoine avait repris son sourire énigmatique et doux; et,recommençait de bruire, à sa gorge et ses lèvres, la sèche petite toux inquiétante du matin. A peine si la danse avait déserté les gazons. Et, comme un masque, au loin, semblait l'interroger sur l'effrayant bruit de cette soudaine fanfare :

— C'est, répondit le peintre, M. de la Cour des Chiens, seigneur de Nogent, qui revient de chasse à courre suivi de sa vénerie.

Mais les cors brusquement s'étaient subitement tus, et du

fourré ouvert, comme s'il fût descendu de l'Eden d'un théâtre, parut en costume de piqueur, Marin, le fidèle valet de M. de Julienne, tenant par ses ouïes fauves, offerte en manière de venaison et toute pourpre encore à la section du cou, la tête noire et coupée d'un sanglier mort. De petits cris agitèrent les masques, mais, à l'instant, parurent, débouchant d'une allée, en habit d'amazone, et l'air tout provoquant d'une Diane Louis XV, Mme de Julienne, cependant que, sonnant de ses grandes bottes et de ses éperons, M. de Julienne lui-même, amical et souriant, se portait au devant du peintre :

— Ce n'était pas, jugez-en, cher Watteau, M. de la Cour des Chiens...

Tous s'empressèrent au devant de Julienne et de sa femme ; il fallut que tous deux prissent part à la fête. Et celle-ci, magnifique, dura jusqu'à l'heure où se tamisa l'air de la petite buée du soir. Alors fondirent les masques en un doux bruit de départ et, de tout le tumulte agité du jour, ne resta bientôt plus, au moment de l'Angelus, que le parfum de Chypre des belles en allées et le fin balancement, entre les deux hauts arbres, de l'escarpolette où du rythme léger de ses deux mains blanches le bel Indifférent avait bercé le corps délicat de sa Finette. Watteau lui-même avait voulu reconduire jusqu'au chemin tous ses hôtes. Lentement sonnait l'heure sur Saint-Saturnin. Le lointain son des voix, le galop des chevaux, le bruit des voitures se fondirent bientôt dans l'air du soir. Ils étaient en allés les convives ; « les favoris de son cœur » à nouveau enfuis le laissaient seul encore, livré à son mal. Ainsi pensait le peintre ; et il voulut revoir l'esquisse enfiévrée, féerique et merveilleuse où se fixa, du bout de son pinceau d'argent, la vision de son bonheur, la fugitive joie de l'un de ses rares beaux jours. Soudain Jean-Antoine tressaillit. Un homme qu'il oubliait, se tenait à deux genoux, au pied du chevalet, devant son œuvre esquissée. Et cet homme-là pleurait, et le bruit de ses sanglots semblait dans le silence, pareil à la frêle et plaintive petite voix du jet d'eau. Au bruit que fit Watteau en approchant, Pater, en hâte se dressa, le visage inondé de pleurs. Et Watteau ne savait pas si c'était de peine ou d'amour, de joie ou d'espérance que Pater pleurait.

— Maître, maître, balbutiait le garçon intimidé et gauche. Ah! maître, n'est-ce pas que c'est cela de bien peindre?...

Alors Watteau, se souvint du grand cri de bonheur que lui-même au matin, avait poussé devant l'esquisse de Rubens. Un instant il ferma les yeux, revit Rubens en son rêve, et, devant le petit Flamand tout ému de le comprendre, songea que lui aussi exaltait les jeunes hommes. Son obsédante, bizarre et tenace idée de mort s'en trouva un moment étrangement diminuée...

IV

Les charmes de la vie.

Pas à pas ils revinrent. Ils marchaient tous deux, étonnés du silence dont la campagne entière était tout envahie. La paix dominatrice avait calmé les mille petits bruits champêtres ; pas un merle ne sifflait sur les cimes des chênes et, du cœur des œillets, des roses et des iris, la bourdonnante fanfare des guêpes et des abeilles ne montait plus dans l'air ineffable et subtil; et, du fond de l'horizon, au dessus de Joinville et de Polangis, les seules minces fumées des chaumines paysannes s'élevaient de la terre au ciel en de tremblantes et douces colonnes d'encens gris.

Marchant près de Pater, Watteau se reprenait peu à peu de rêver à sa Flandre enfantine, guerrière et faraude ; ce timide garçon cheminant auprès de lui, n'était-ce l'envoyé de sa cité de naissance et de jeunesse? Et lui, curieux de savoir, l'interrogeait :

— Danse-t-on toujours sur la Grand'Place, le jour des Dentellières ? Et le jour de Marie-au-Bled, les filles de la ville viennent-elles en procession jusqu'à Saint-Jacques-des-Carmes ; et la poupée géante nommée Pancha-Brouette, les brasseurs de bière la viennent-ils toujours noyer dans l'Escaut ?

Puis, il citait des gens, nommait son parrain Bouche et sa marraine Maillard, demandait s'il y avait, comme jadis, des Pater rue Wiéwarde et si vivaient encore des Vastôt boulangers ?

Mais le petit ne disait point tout ce qu'il fallait dire et il avait des croix dans la mémoire et ses souvenirs étaient arrangés en cimetière.

Ainsi, rêvant et parlant et l'un près de l'autre allant, tel un père et son fils, revinrent-ils à la maison où les courtauds, en hâte, achevaient de desservir et de laver les vaisselles. Exténué de la lourde chaleur qu'il avait fait, l'abbé Carreau dormait, toujours vêtu en Gilles, dans la pièce ouverte à toute l'âme des fleurs. Pater et Watteau, de crainte d'éveiller leur homme, entrèrent très doucement. Jean-Antoine était un peu las de la journée enfuie et, pourtant, il ne put résister à la joie de montrer à Pater une petite bouffonnerie dessinée au crayon où se reconnaissait, sous les traits d'un *Malade Imaginaire*, le brave et saint abbé de Saint-Saturnin. Et puis ce furent des scènes d'une satire amère où il avait groupé quelques-uns des hommes qu'il détestait le plus : des médecins grotesques comme ceux de Molière, la plupart ignares, obèses et cacochymes, les uns en Polichinelles, les autres en Pantalons, en Pancraces ou Cassandres et la plupart offrant à la batte d'Arlequin des dos exagérés de vieillards gras et laids. A peine si le bon Mead, si le doux Mariotti avaient trouvé grâce et ne figuraient point dans le cortège hilare.

— Ce sont, disait le peintre, à son fidèle disciple, des menteurs et des empiriques, des fous et des charlatans. L'un d'eux ne m'avait-il point, pour le mal qui me dévore, conseillé le jus de navet, de la décoction de gaïac, un autre d'absorber de l'infusion de limaçons et le troisième enfin de manger, qu'on eût tout enveloppés d'hysope, des poumons de renard. Ah! Ah! les plaisants sires!...

Et ce disant, Watteau avait frappé du pied. Rien ne contribuait plus à le mettre hors de lui que ces maudits souvenirs des médecins exécrés, inutiles et fameux dont aucun n'avait, jusqu'ici, pu découvrir encore la source de son mal. Surpris, l'abbé s'éveilla et, vivement mis au fait, protesta que le sirop de l'Empereur Ferdinand était un bon sirop et que le vin de safran bu jusqu'à un scrupule ou un scrupule et demi était souverain à prendre pour le mal de poitrine. Mais Watteau s'animait, bouillait au dedans de lui d'une colère étrange et subite. Sans doute l'ardeur du jour, l'exaltation à l'heure de l'assemblée au parc, les musiques et la fête où il s'était mêlé n'avaient pas que peu contribué à exalter encore son naturel bizarre. Pater, un peu surpris de l'irritabilité où il voyait son maître, feignit de s'absorber dans la contemplation de deux ou trois charmantes scènes de *Colin-Maillard*, d'un *Retour de chasse* et de petites esquisses de dames et de cavaliers qu'avait, çà et là, dispersées Jean-Antoine. Le jeune homme en était là d'admirer quand une sorte de grand godelureau d'allure dégingandée, affublé de façon assez affectée, les cheveux longs coiffés, à la façon de Rubens ou de Van Dyck, d'un grand chapeau de peintre, entra en agitant d'un geste protecteur, une main qu'il avait gantée. Watteau avait vu venir l'homme, sorte de miniaturiste d'un talent médiocre, phraseur et vaniteux, grand donneur de conseils et qui tranchait en tout comme un grand critique. D'abord Jean-Antoine se porta au devant de lui et, sous le manteau qu'il portait, reconnut la « pensée » d'un personnage qu'il avait lui-même offerte, peu de temps avant et sans se souvenir pourquoi, à ce fat importun. Ce dernier, en tirant la petite œuvre de sous le bras où il la dissimulait, ne cacha point qu'il venait pour obtenir du peintre quelques menus changements :

— Ce bras à la rigueur pourrait être modifié ; un trait, ici, corrigerait le geste incertain de cette figure ; telle ligne serait changée avec profit...

— C'est cela, disait Watteau (et le ton de sa voix était glacial) c'est cela, Monsieur, je vais changer tout et vous faire plaisir...

En même temps l'abbé, content

de voir l'orage se calmer dans l'âme de son cher malade, sourit avec onction vers le regard du fâcheux ; ne voulant point que tout fût dit des médecins, il eut tôt fait d'ajouter que les remèdes les plus étranges n'étaient pas les pires et que c'était le secret de beaucoup de sorciers des campagnes de guérir de toutes sortes de décoctions de plantes, d'herbes et d'extraits des bêtes les maux des personnes.

En même temps Watteau s'était saisi du tableau que le grand escogriffe lui apportait si vertement à correction.

— M. l'abbé, disait le peintre à la fois que sa main travaillait du pinceau, ne niera point que les mêmes drogues ne soient aussi efficaces à remédier aux défauts des arts...

Plongeant à ces mots son pinceau dans un godet tout empli d'huile d'aspic il s'en mit à frotter avec une rage sourde tout le petit tableau qui s'en trouva bientôt entièrement barbouillé. Et, jouant du poing et de la main avec une colère qui le faisait trembler, il appuyait si fort que tout ce qui était peint sur la toile charmante eut tôt fait de disparaître. L'autre, tout stupéfait, s'était jeté au devant du peintre, criant que la toile était à lui, que Watteau l'abimait au lieu de la corriger, que c'était un procédé dont il sentait l'injure. Mais l'irritation dont le peintre malade donnait depuis un moment des signes manifestes, parvenue au paroxysme, éclata subitement.

— Allez Monsieur, allez, je ne sais point corriger autrement... Devenu affreusement pâle, il vibrait tout entier de fureur et de sarcasme, saisissait l'autre au bras, lui mettait de force et vivement en main le tableau ravagé. En même temps il le criblait de pointes, disait l'amertume où il était de se voir si peu compris, livré à la critique et aux injures des cuistres, des bellâtres et des niais. L'autre pâlissait de rage et commençait de bouillir à son tour fortement. Soudain le pauvre grand peintre porta sa main au cœur et chancela un peu. Alors Pater et l'abbé comprirent ; allant vers le fâcheux et le prenant au bras, chacun d'un côté, ils le menèrent dehors. Mais, au retour, quelles ne furent point leur peine et leur désolation à retrouver Watteau, tout jeté en un fauteuil, frissonnant de froid et de fièvre et recueillant lentement, de la pointe de son mouchoir de fine et douce soie, sur ses lèvres exsangues, de précieux et rouges petits caillots de sang.

— Voilà, Monsieur Watteau, disait, bouleversé, l'abbé Carreau, toujours en habit de Gilles et semblable, dans le soir, à quelque blanc, candide et jovial meunier enfariné ; voilà, Monsieur, à cause de cet homme, l'état où vous vous êtes mis.

Le pauvre et tremblant artiste, à présent, s'excusait, demandait son pardon à l'abbé. Il commença de geindre et de pleurer un peu. « Les malades sont des enfants mauvais », avouait-il, et puis il s'accusait de dureté pour les autres ; le mal le rendait maussade et nerveux ; le temps lui pesait, le ciel était lourd et il était une charge pour ceux qui l'aimaient.

— Le pis-aller, disait-il, n'est-ce point l'hôpital ? On n'y refuse personne. .

— Monsieur, Monsieur, disait l'abbé, cela est mal et vous êtes injuste. Nous ne vous laisserons point...

Mais l'idée de Valenciennes était entrée en lui avec la vue de Pater. C'était là, eût-on dit, une idée secrète du cœur ; et, de son cœur à ses lèvres, de ses lèvres à ses mains, il semblait que le pauvre phtisique, épuisé, en aspirât le rêve avec son précieux sang. Et c'était aussi une idée d'enfance.

— Vous savez, Jean-Baptiste, disait-il à Pater, elle peut venir, la mort ; mais je reverrai avant mes bords de l'Escaut, le canal des Récollets, Valenciennes dans la petite ombre bleue que fait la vapeur du fleuve, notre maison de la rue Sous-Vigne, le toit de tuiles rouges qu'avait couvert mon père et sous lequel il est mort...

En même temps, il faisait des comptes :

— De M. de Julienne, à mon retour de Londres, j'ai reçu six mille livres.

Il comptait, à ces mots, sur ses doigts, qui étaient fins, très longs et plus effilés que ceux d'une dame élégante. Mais l'abbé, plus tendre et plus cajoleur, s'approchait, une petite cuiller à la main :

— Monsieur, vous prendrez bien un peu de ce rob de coings que M. l'abbé Noirterre envoya d'Orléans avec le cotignac.

Indifférent à tout ce qui n'était point son rêve et son désir, le pauvre grand homme, malade, éleva vers l'abbé son visage amaigri :

— Ainsi, Monsieur l'abbé, vous me donnerez bientôt la communion...

Mais c'était un brave homme que l'abbé Carreau ; et il bourrait un peu le pauvre, plaintif et malheureux homme :

— Monsieur, Monsieur, cela ne se dit point !... Avez-vous faim, Monsieur ?... L'heure du dîner approche...

Mais le pâle Indifférent ne semblait plus être à côté de son ami :

— Six mille livres... six mille livres, disait-il, cela ne suffit point... l'abbé, j'y ajouterai l'argent de la comédie...

Ce disant, lui si faible à l'instant d'avant, se dressa avec une force étrangement nerveuse, alla vers les costumes, maintenant rassemblés, dont, le tantôt, se vêtirent les invités du jour. Il les prit un par un, les beaux habits de Venise et les napolitains, les persans et les turcs et les habits français avec ceux d'opéra. Les autres, stupéfaits, le regardaient aller, et le maître, dans sa hâte fébrile, causait et comptait à la fois, crispant ses mains maigres aux soies, aux satins, aux taffetas et aux velours : et l'on eût cru que c'étaient, dans ses doigts fiévreux, pâles et frémissants, les luxueux et fins petits cadavres de tous les chers êtres du domaine charmant où il avait vécu. Et l'habit de Colombine, auprès de celui de Pierrot, la veste en losanges de l'Arlequin, le manteau de Léandre, le chapeau de Polichinelle, la toque de Lélio et le voile d'Isabelle, les turbans, les corsages, les jolies mules brodées, les cannes d'or et les petits bicornes, s'assemblaient en un vaste et clinquant monceau de menues dépouilles frêles, vides et mélancoliques. Un instant, ses beaux doigts tinrent élevés en l'air, comme d'autres petites formes qui lui eussent été plus spécialement chères, les habits de la Finette et ceux de l'Indifférent ; mais sa seule volonté sembla demeurer maîtresse et il jeta ceux-ci parmi tous les autres habits du Carnaval. Sa voix se faisait plus basse, lointaine et un peu caverneuse :

— L'abbé, il faudra mander M.

de Julienne et le charger de tirer quelque chose de tout cela...

— Monsieur, nous quitterez-vous ?...

— L'abbé, il y a là quelques milliers de livres ; l'abbé, c'est beaucoup, et je les emploierai, avec les mille autres, à m'installer bientôt à mon cher Valenciennes...

— Monsieur, vous nous laissez...

Mais Watteau, en silence, regardait Pater, comme si dans les yeux clairs du garçon attentif il eût cherché à lire l'appel inciteur, secret et lointain de sa ville et de ses morts, de toutes les fines cloches du clocher natal sonnant à tout rompre, dans le ciel flamand, vers le fils prodigue, leur appel impérieux...

V

Le départ pour les Isles

Maintenant il était seul et prostré dans le tiède et profond refuge du grand fauteuil ; l'odeur des seringas arrivait par bouffées ; et son grand front osseux caché de ses doigts maigres, on eût dit qu'il écoutait encore bruire au fond de lui les mille voix argentines des cloches. Et l'idée de Valenciennes était si vive en lui, l'absorbait si fort et si totalement que c'était devenu le seul et secret motif qui le tenait encore attaché à vivre. Le sang battait à ses tempes, ses mains brûlaient ; il toussait moins, mais le poids mystérieux d'un mal lent et sourd pesait sur son cœur, sur ses deux poumons et le piquait ainsi qu'un poignard à la gorge. Les pires alternatives de force et de faiblesse, d'abattement et de joie par où, durant ce long jour, il avait si souvent passé, avaient vaincu enfin les ressources de son courage. Le glissement furtif et léger, un peu timide d'un pas auprès de lui put à peine, un instant, le tirer de sa torpeur ; en même temps une voix basse et respectueuse sembla l'implorer :

— Monsieur... Monsieur...

Lui leva la tête et, de ses yeux profonds et brillants, regarda et reconnut Phlipotte...

— Monsieur, disait-elle, l'on danse à Nogent... Il y a des gardes françaises... Monsieur je voudrais y aller... L'on danse aux lampions...

— Allez Phlipotte, allez...

— Monsieur... Monsieur... je n'ai point de bel habit... ne m'en prêterez-vous point ?

Le peintre, d'un grand geste las et brisé, montra le monceau de toutes les dépouilles jetées tristement au milieu des chaises et les bras des fauteuils...

— Phlipotte choisissez. .

La petite soubrette battit des mains, et du nerveux élan de ses deux jambes fines sauta en l'air en claquant des talons. En même temps, rejetant vivement le costume de paysanne qui la revêtait, elle apparut au regard un peu troublé de Watteau, les seins et les bras nus. Maintenant, penchée sur l'immense tombeau de toutes ces robes mortes elle en cherchait une qui fût à sa taille. Bientôt elle eut trouvé et, commença, aux yeux voilés du peintre exténué, le plus piquant spectacle de coquetterie. Tantôt elle levait les bras et tantôt elle les abaissait et, chaque fois, on voyait luire au creux de son aisselle, comme un œillet de poète, une touffe de poils roux ; et tantôt elle mettait, devant la haute glace, une mouche à ses lèvres, et d'autres fois, d'un geste expressif de ses doigts, elle élevait au dessus de sa nuque ronde et blanche un mutin chignon. Lui, suivait ses mouvements et mentalement cherchait les nacres et les roses et l'argent des couleurs de sa palette féerique avec lesquels souvent, en de galants décors, il avait peint le corps voluptueux de la femme ; et dansait devant lui, comme en une nuée rose et finement vaporeuse, l'éblouissante forme de la blonde Antiope. Si chaste et si pur, lui, dont le libertinage était tout spirituel, il assemblait en souvenir, à la seule vue de Phlipotte, demi-nue à ses yeux, le charmant cortège des femmes qui l'avaient inspiré ; et la Desmares venait avec son rire ardent, et la jolie Caylus de qui Mme de Coulange écrivait que les anges n'étaient pas plus beaux et cette superbe *Lady à sa toilette* qu'il avait peinte à Londres.

Mais, déjà, la servante achevait de se vêtir ; maintenant elle était prête et si naïvement belle qu'elle se fit à elle-même, devant la haute glace, trois muettes révérences.

Puis, dans un grand frou-frou de cassures de satin elle ouvrit la porte, salua le peintre et tandis que, dans la pièce, le maître aspirait la fine odeur de rose et de chair belle et nue qu'elle y avait laissée, il entendit marcher dans les allées du parc, tendit un peu l'oreille et reconnut la voix lointaine de Phlipotte, chantant aux échos, dans les petits chemins de buis allant à la Marne :

Dans les Gardes-françaises,
J'avais un amoureux...

Ce chant venant à lui, par petites bouffées de jeune et saine vie, replongea à nouveau dans sa maussade angoisse le malheureux homme. S'étant soudain levé il alla se pencher ainsi que dans une eau morte, sur le miroir profond où il eut la douleur, tant il était changé, de ne point se reconnaître. Il eut un rire amer, railleur et qui semblait siffler sur le bord de ses lèvres, secoua d'un geste impatient et fébrile la dentelle de son col, alla, d'un petit chevalet où il avait placé les têtes d'anges du grand Rubens, à une *Sainte-Famille* qu'il avait faite et, de là, à une autre où se pouvait voir, déjà plus qu'à moitié peint, un *Christ en croix* destiné à Saint-Saturnin de Nogent. Un orage sourd et fort semblait gronder en lui et il était ainsi qu'un homme inspiré, tordu de rage et de remords et de qui tous les gestes trahissent la pensée et la résolution. Aussi amenant à lui, du peu de force qu'il eût le courage de rassembler, deux ou trois des cartons pleins de ses projets et de ses dessins, il commença, avec une sorte de frénésie à les examiner. Bientôt, il en eut fait quatre parts différentes qu'il jeta sur le sol. Et quand cela fut fait il les reprit encore, feuille à feuille, et voulut les exposer au jour à moitié rose du soir. Mais les « nus » l'irritaient et il avait la honte, le pur Indifférent, de toute la petite débauche adorable et sensuelle de ces bras et de ces seins, de ces jambes et de ces croupes et de ces corps de femmes dont l'impudicité outrageait sa croyance. Dans la pièce pétillait un vif feu de sarments. Il y jeta deux ou trois de ces croquetons galants : la flamme verte et rouge les lécha d'abord, les recroquevilla et l'on voyait à mesure tomber en poussière les fines et gracieuses petites formes crayonnées de qui les membres charmants se crispaient comme des bras et comme des jambes de chair. Et cela fini, il en mit d'autres et puis d'autres encore et il riait d'un rire amer et sardonique et il semblait ainsi qu'un fou effrayant dont le rire eût tonné de joie à mettre le feu au monde (1). Ah ! ah ! les femmes !

(1). « Il n'était emporté par aucune passion, aucun vice ne le dominait, et, il n'a jamais fait aucun ouvrage obscène. Il poussa même la délicatesse jusqu'à désirer, quelques jours avant sa mort, de ravoir quelques morceaux qu'il ne croyait pas assez éloignés de ce genre, pour avoir la satisfaction de les brûler ; ce qu'il fit. » M. de Caylus : *Vie d'Antoine Watteau.*

Ah! ah! les Vénus! ah! ah! l'amour! Et il allait, d'un geste purificateur, jeter au milieu de l'âtre qui dévorait tout, la pure et somptueuse esquisse de sa grande *Antiope* quand, un cri déchirant partit d'auprès de lui, un bras saisit son bras et, d'un geste invincible, puissant et sévère, arracha le chef-d'œuvre à ses mains décharnées. Watteau, vaincu, se laissa aller, tourna la tête et vit Pater : mais le petit Flamand muet, et désolé, semblait si tendre et si confus et ses grands yeux étaient emplis de tant de reproches que le pauvre Jean-Antoine, commença de pâlir et de chanceler un peu : ses tempes battaient à rompre et il parlait avec une ardeur effrayante :

— Allez Pater..., allez... c'est l'abbé que je veux voir...

L'abbé vint aussitôt avec sa tête douce et ronde et son menton trop gras tombant sur son rabat ; de grosses gouttes de sueur perlaient sur son front : et il avait sa voix de bonté tremblante de fidèle ami.

— Mon fils, disait-il, mon fils, mon cher fils...

Il allait ainsi qu'un père à son enfant :

— L'abbé, disait l'autre d'une voix saccadée, l'abbé je suis un pécheur... Toute mon œuvre est souillée par les pensées impures... l'abbé... l'abbé... J'ai jeté au feu les pires images de la débauche...

Puis, se tournant à peine et avec bien de l'effort du côté où se voyait son tableau du *Christ à la croix*, il le montra d'un geste et dit ainsi qu'un homme qui changerait d'ami :

— L'abbé voici à présent mon maitre...

Et il parlait ainsi que si c'eût été sa confession. Il niait son génie, son art et ses chefs-d'œuvre.

— Il n'y a d'art qu'en Dieu, disait-il.

Et puis il ajoutait :

— J'ai vécu comme un pécheur...

Or, sa vie entière avait été immaculée, et il avait passé au milieu des passions ainsi que, dans le tantôt, on avait pu voir le garçon zinzolin passer d'un doux geste de belle indifférence au milieu du gazon. Jamais le mauvais désir n'avait gonflé son cœur. Son œuvre était une Alpe étrange et assez haute où tout n'était que grâce, candeur limpide et chaste et où se pouvaient voir, sur la cime des neiges, les douces et voilées perspectives aériennes.

— J'eusse dû, l'abbé, rester à Valenciennes, demeurer, comme mon père, couvreur de mon état. Je n'eusse point de la sorte, profané tout ce que, jusqu'ici, j'ai si étourdiment méconnu en ma vie...

Et, faisant allusion à toutes les innocentes faiblesses de ses jeux d'artiste :

— Je n'eusse point non plus, l'abbé, eu, depuis, à rougir de ma conduite envers votre sainte personne. Ne sera-ce point pour moi, bientôt, devant Dieu qui me jugera, péché le plus impie que vous avoir ainsi affublé dans mes œuvres.

tantôt en Gilles ou en Cassandre, en docteur de Bologne et quelquefois aussi en faune impudique jouant sous les chênes dans la corne à bouquins...

Mais le bon prêtre, ému et se mordant les lèvres pour éloigner ses pleurs, le soutenait au bras et se penchait au-dessus de la petite nuit blanche de son froid visage.

A ce moment entra l'air chargé de baume et de toutes les fines ondes odorantes des bois. Les bruits assourdis du fleuve et des villages montaient de la vallée à la maison de M. Le Febvre. Bientôt Jean-Antoine demanda à se lever et à regarder dehors :

— Ah! dit-il, si Rebel était là avec sa basse de viole...

La musique le prenait et l'emmenait au loin. Une nuit douce et paisible commençait de descendre sur toute la vallée. Des terres de Moyneaux, de Beauté et de Cher-Amy montait, en murmures, la joie effrénée des filles et des garçons.

Dans les gardes françaises,
J'avais un amoureux...

La Marne était ainsi qu'un lac calme et lointain dont il voyait l'argent refléter les étoiles. Il dit, plus bas encore :

— L'abbé vous trouverez mes dessins groupés en quatre parts égales... Julienne et Gersaint, Hénin et Haranger auront chacun la leur...

Maintenant, dans le lointain, au delà de Polangis, voguaient avec lenteur, ainsi que de blancs cygnes de Cythère féérique, des barques allumées de lanternes vénitiennes. Et Watteau dit encore :

—L'abbé, le petit *Colin-Maillard* et l'*Enfant aux Oiseaux* seront pour Playeur de Londres, mon ami anglais...

A ce moment, son cœur ne battait pas plus que l'imperceptible petit cœur d'un enfant nouveau-né. Bientôt ce fut effrayant ; sa gorge commença de râler un peu. Il essaya de prier, commença un *Ave Maria*.

— Priez pour moi. Marie ..

— *Ut digni efficiamur promissionibus Christi*, ajoutait le bon abbé Carreau...

Et montait, en même temps, vers la haute pente boisée où était la terrasse, le rythme égal et sourd des danses paysannes. Ah ! à cette heure de joie, dans les feux de Bengale et sous les lampes de cire, comme ils devaient danser ceux et celles de Nogent, de Champigny et de Polangis : Pierre Poupet et Barbe Coiffier, le vigneron Lanneau avec Marie Nicolle, Jean Six-Hommes et la fille à Jacques Puce ! Et Phlipotte qui devait tourner, en une valse effrénée, avec son garde-française,

> Fringant, chaud comme braise,
> Jeune, beau, vigoureux !...

Puis le fond argentin de la Marne et des bois s'idéalisa ; le ciel prit la teinte d'un azur nacré, la nuit se fit subtile et infiniment douce, les feuilles, dans le vent, semblaient toutes animées : Pater eut la très nette perception d'un grillon chantant tout près sous les orangers. Un instant le pauvre et grand peintre se dressa encore, et l'on eût dit qu'au-delà des ormes et des peupliers, au-delà de l'île et des bois son œil étincelant suivait sur l'eau la marche impalpable, lointaine et fière, dans l'air vaporeux, d'un féérique navire. Et le grillon chantait sous la dalle usée avec un bruit aigre. La vision obsédante se fondait en un doux et puissant prestige ; l'ombre était langoureuse et câline ; un ineffable repos montait peu à peu qui domina tout. Seule une brise légère apportait, jusqu'à ceux qui formaient ce groupe des trois douloureux hommes, les sons des cornemuses, des violons et des fifres. Bientôt, sous l'opaline et froide petite ombre pâle de la lune au ciel, frissonna Jean-Antoine ; son teint devint bistre et glacé ; le cerne de ses grands yeux s'accentua à mesure qu'au dedans de lui montait, de la gorge aux lèvres, le feu intérieur. La voix d'un cor, au loin, par delà les bois tièdes et la nuit amoureuse, retentit avec une sourde insistance et ce fut comme si eût brui sous les arbres la cliquetante, cassée et toute proche vision d'un pas lent et grave et qui n'eût pas marqué sur le gazon mou.

Bientôt le grand délire s'empara de Watteau et, de l'un à l'autre de ceux qui le tenaient, on eût dit que sa tête vide et molle oscillait en se vidant des mots et des pensées. Les noms de Valenciennes, de Londres et du Luxembourg, ceux de Crozat, de Gersaint et de M. de Julienne errèrent sur ses lèvres. Il ajouta, si bas, qu'à peine on pouvait l'entendre : « La Marne, Nogent et Cythère... Ah ! s'en aller... et la musique... »

Et puis, comme ils ouvraient sur leurs deux poitrines baignées de larmes chaudes leurs bras affectueux, dans des cassures d'étoffe, des craquelures de satin et la petite déchirure que faisait la soie, Pater et Carreau reçurent le corps inerte, évanoui et tiède de Watteau malade. La sourde plainte du mal passait dans son souffle bref et difficile. L'abbé et l'élève le soulevèrent tous deux et l'emmenèrent ainsi que si, dans le bel été, sous le ciel et dans la nuit pure, ils l'allaient descendre en un tombeau de fleurs, de sons et de parfums, à l'endroit de la Marne d'où venaient les danses et la voix des fifres.

Bientôt monta la lune au dessus du clocher, du fleuve et du moulin : et ils allaient, l'abbé essoufflé et boitant, et Pater aveuglé des larmes qu'il versait, ainsi que le Cassandre et l'Arlequin d'un drame amenant à eux, sous le deuil des astres, le Gilles blanc et pâle, vers le froid sommeil.

Toute pimpante et gaie revenait à ce moment Phlipotte; et elle était, ainsi, la lanterne à la main, souriante et gaie et venant à eux, comme la gracieuse Parque d'un opéra triste...

La Rochelle, Imprimerie Nouvelle Noel Texier